Découvrez l'histoire par les archives de presse

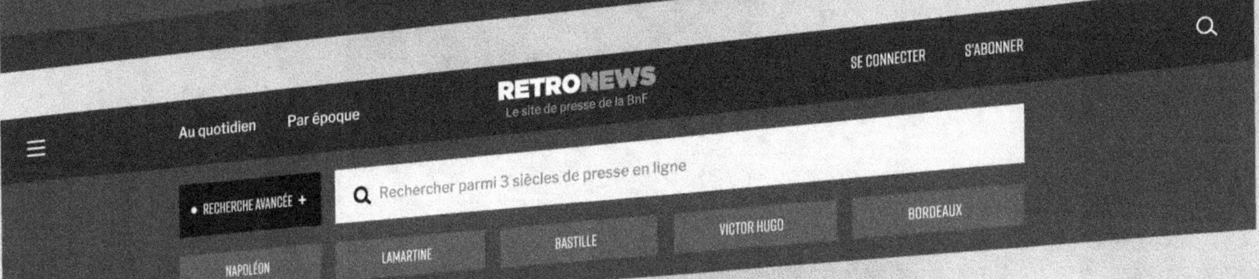

RETRONEWS

Le site de presse de la BnF

www.retronews.fr

LA REVUE DE POCHE

LITTÉRAIRE & ANECDOTIQUE

—

Paraissant le 1er & le 15 de chaque Mois

—

TOME III — LIVRAISON 18 — SEPTEMBRE

UN FRANC

SOMMAIRE

Note du Rédacteur en Chef de la *Revue de Poche*. — Notes sur l'Egypte. — Le roi Mistanflûte (fin). — *Derrière les Fagots* (Barthélemy & Baudelaire). — *Cent d'aiguilles* (A l'Amazone masquée, 20e sirvente; Un nouvel organe politique, 21e sirvente; Pantin à la mode, 22e sirvente). — *Sous la vitrine* : Seizième aux bibliophiles; l'imprimerie, la reliure, les livres à l'Exposition universelle de 1867. — VI. La Revue de Poche (*Quaterly Rewiew*) & la Petite Revue de Poche. — Table des matières du tome III.

PARIS

SE TROUVE A LA LIBRAIRIE DE LA SOCIÉTÉ DES AUTEURS DRAMATIQUES ET DE L'ACADÉMIE DES BIBLIOPHILES

10, rue de la Bourse.

—

M DCCC LXVII

LA

REVUE DE POCHE

LA

REVUE DE POCHE

LITTÉRAIRE & ANECDOCTIQUE

———

TOME TROISIÈME

PARIS

SE TROUVE A LA LIBRAIRIE DE LA SOCIÉTÉ
DES AUTEURS DRAMATIQUES ET DE L'ACADÉMIE DES BIBLIOPHILES

10, *rue de la Bourse*

—

M DCCC LXVII

REVUE DE POCHE

VEC cette livraison, la *Revue de Poche* achève son troisième volume. Nos lecteurs ont été à même d'apprécier dans quelle forme & dans quel esprit cette publication était conçue. Ils ont vu, & nous espérons qu'ils nous en savent gré, que nous avons essayé, en avançant, de réunir dans ce recueil tous les genres de littérature qu'admet le bon goût.

La *Revue* a pris son rang aujourd'hui, nous aimons à le penser, parmi les publications intel-

16—T. III   ligentes

ligentes & goûtées. Néanmoins, elle croit devoir apporter un changement dans son mode de publication qui, sans transformer en rien le recueil que nous éditons, nous permettra d'agrandir le cercle de nos études & la composition de nos articles.

Il nous a été suggéré, par les lettres de quelques-uns de nos abonnés & par le conseil de plusieurs de nos amis, une idée qui leur a été inspirée à eux-mêmes par un recueil anglais, intitulé la *Quaterly Rewiew*, mot intraduisible en français, mais qui correspondrait à peu près à cette locution : *Revue trimestrielle*.

On nous comprend déjà.

La *Quaterly Rewiew* est un recueil qui paraît tous les trois mois en un fort volume, participant à la fois des revues ordinaires & des livres littéraires. Elle comporte l'actualité, mais cette actualité assez vivante pour

se

se survivre à elle-même & donner naissance à de hautes questions qui intéressent encore trois mois après les évènements qui les ont produites. Elle admet en outre la curiosité, l'étude sérieuse, &, condiment agréable & obligé, le roman & la fantaisie. Au point de vue des bibliothèques, cette combinaison offre un avantage sensible puisque dans chaque volume toutes les questions abordées sont traitées sans interruption, sans qu'il soit besoin de se reporter d'une livraison à l'autre. Sous un autre rapport, elle est encore précieuse en ce qu'elle permet aux articles de quelque nature qu'ils soient, de s'étaler dans la proportion qu'ils méritent, au lieu d'être écourtés & hâtés. Cela veut-il dire que le nouveau mode de rédaction ne contiendra aucune de ces fantaisies digestives par leur brièveté, de ces morceaux à l'allure coquette &

preste

presté sur lesquels s'est appuyé plus d'une fois le succès de la *Revue de Poche* passée ?

Non, certes, en élargissant son cadre d'un côté, la *Revue* se croirait sotte de le rétrécir par l'autre bout. Ce qu'elle veut, c'est, tout en se ménageant son public de lecteurs fidèles & amis, s'acquérir encore de nouveaux adeptes parmi ceux qui l'ont, peut-être à tort, accusée jadis d'être un peu trop mièvre & futile.

Est-il besoin d'étendre davantage notre argumentation pour convaincre ceux qui nous lisent ? Nous ne le pensons pas. Notre passé est là pour répondre de notre avenir, quand celui-ci n'offrirait pas de lui-même ces marques certaines de la réussite & du succès (1).

Le Rédacteur en chef.

---

(1) Voir la note à la fin de cette livraison, avant la table des matières.

NOTES

NOTES SUR L'ÉGYPTE

Le Caire, 16 août 67

Mon cher ami,

J e vous ai laissés, vous & nos chers lecteurs, en chemin de fer ; il faut pourtant que je vous fasse arriver au Caire, où je suis établi depuis un mois & demi. Permettez donc à la machine de siffler, au train de reprendre sa marche. Au bout d'une plaine fertile que nous dépassons, apparaît de nouveau le canal aux berges affaissées, &, sur la droite, le Nil qui lui porte ses ondes. C'est au milieu d'un superbe paysage, vivifié par le fleuve bienfaisant, que le train arrive à la station de Kaferlèze. Une machine servait jadis à traverser le fleuve, — c'était un pont mobile en fer s'élevant & s'abaissant dans la mesure des phases connues du fleuve, & qui, mu par la vapeur, glissait le long

long de grandes chaînes. Cette machine coûteuse a été remplacée par un
pont gigantesque près duquel est
amarré le grand squelette de fer de
la précédente machine. En 1858, le
malheureux prince Achmet-Pacha, hé-
ritier du trône d'Égypte, fut précipité
dans le fleuve du haut de cette machine,
avec une partie du convoi d'Alexandrie
au Caire. Le prince Halim était
aussi au nombre des passagers. Il ne
put parvenir à arracher son frère à la
mort, mais il sauva une européenne &
un mamelouk que les flots allaient
engloutir. C'est ici que nous passons
pour la première fois sur le Nil, &
les deux horizons liquides attirent également notre impatiente curiosité ; en
effet, si nous interrogeons l'amont du
fleuve pour en pressentir les mystères,
l'aval qui fuit dans la campagne nous
rappelle la jolie ville de Rosette & toutes ses verdures, & la mer immense où
le Nil vient se jeter éperdu dans l'un
de ses bras. Ses berges aussi attirent
notre attention ; de grands villages
aux grands toits coniques semblent, au
milieu des arbres, les huttes gigantes-
ques de peuplades sauvages de l'Amérique ; ce sont les demeures de milliers
de pigeons que les fellahs n'hébergent
ainsi

ainsi que pour en recueillir principalement la fiente, précieux engrais.

L'eau du fleuve est limoneuse & rouge, elle charrie les détritus des grandes forêts inconnues du Soudan.

De l'autre côté du pont se trouve la station de Kaferzaïat. Un restaurant nous offre, au milieu du désert, une ressource inouïe & fort bien venue ; une maison de bois abrite cette succursale éloignée de Chevet. Nous repartons, & toujours plus splendide, la nature répand sur la plaine ses dons les plus précieux ; les deux horizons fuient dans des fonds délicieux où s'estompent les arbres & les villages. Le petit chemin est toujours là au bord de la voie, il fait passer sous nos yeux tout un panorama de costumes de la basse Égyte, & les petits groupes à baudets, & les cavaliers pittoresques, et les grands troupeaux. Mais un grand espace foulé & gris devance la ville de Fautah, située dans l'île formée par la branche Pharmouthique sur le bord du bras occidental, & à une distance égale des branches Phathmétique & Canopique. La ville de Fautah, située à peu près au centre de la province de Gharbyeh, est aujourd'hui la plus considérable du Delta. Elle est célèbre

bre par le tombeau d'un saint personnage de l'Islamisme, appelé Cheik Ahmed el Bedaouy. Il naquit à Fez l'an 596 de l'hégyre, passa en Egypte avec sa famille pour se rendre à la Mekke, acheva son pèlerinage & revint se fixer à Fautah, où il mourut âgé de 79 ans, après avoir opéré une multitude de miracles, dont le récit est consigné dans une longue histoire de sa vie, que savent par cœur tous les dévots de la contrée. L'an 700 de l'hégyre, le sultan el Malek el Nasser substitua au petit monument qu'on avait d'abord érigé sur le tombeau du saint, une mosquée qui, par son étendue, la régularité de son plan et les embellissements successifs qu'elle a reçus, ne le cède pas à quelques-uns des monuments du Caire.

La vénération des musulmans pour Ahmed el Bedaouy attire à Fautah un nombre prodigieux de pèlerins. Ils y viennent à l'équinoxe de printemps & au solstice d'été, de toutes les parties de l'Égypte, de l'Abyssinie, du Hidjaz & du Darfour. Ces réunions périodiques n'ont pas seulement pour objet l'hommage rendu au saint, le commerce y trouve ses avantages. Chacune d'elles est l'époque d'un marché fameux

fameux qui dure plusieurs jours; la plaine se couvre de milliers de tentes, on y échange les productions de la haute Égypte, des côtes de Barbarie & de tout l'Orient, contre quelques marchandises d'Europe, les bestiaux du Delta & les objets manufacturés.

Aly-Bey, le rival du fameux Mourad-Bey, qui dirigea spécialement ses vues sur l'extension & l'encouragement du commerce, fit construire à Fautah un très bel okel, qui porte encore son nom, mais qui est loin de suffire à la foule énorme des négociants réduits à camper hors de la ville. Des bateleurs viennent, lors de ces foires, distraire cette grave multitude; des danseuses & des almées, des cabarets & des spectacles en plein vent luttent de tapage & de discordantes musiques.

C'est le plus immense brouhaha, la plus grande cohue qu'on puisse imaginer; tout cela grouille sous un soleil torride qui brûle la poussière & enflamme la chaude atmosphère, où s'estompe la multitude assemblée de mille tribus.

L'aspect de la ville est pittoresque, &, comme à Damanhour, il y a quelque chose de grandiose dans ces mai-

sons

sons carrées qui rappellent, par leur couleur uniforme & leur dessin sévère, les fabriques des paysages du Poussin; au milieu, & entre autres, se dresse un assez beau minaret, & près du chemin de fer, quelques maisons européennes se donnent l'aristocratie du plâtras.

C'est à Fautah que se trouve un embranchement pour Samannhout, ville située au centre du Delta. Ce chemin n'est pas encore complètement construit. Nous ne parlerons donc de cette ligne que pour mémoire. Nous voyons ses premiers rails fuir par une courbe hardie autour d'une funèbre colline chargée de tombes de terre, hommage pieux de parents, poussière des humains jetée sur la poussière humaine.

Et puis la campagne recommence, & les grandes vergues des barques que porte le canal docile se promènent encore au milieu des grands arbres. Bientôt un bras du Nil vient rouler ses ondes jaunes au travers des tamaris légers & des puissants sycomores. Un village arabe, nommé Birkes el Sab (le lac du Lion), y abrite ses bizarres constructions. Devant les maisons, des meules jaunes annoncent que

que la récolte est faite. Un chameau
& un buffle, attelage insolite, traînent
autour de l'une d'elles un char de bois
grossier dans lequel se promène comme
en triomphe, une femme vêtue de voiles
bleus & de colliers d'or qui tient l'ai-
guillon comme un sceptre belliqueux ;
ce curieux spectacle a pour prosaïque
objet de hacher la paille répandue à
mesure de la meule sur le sol. Le char
est muni, à cet effet, d'une pièce de
bois ronde & mobile placée à l'arrière
& garnie de lames de fer. De loin en
loin, d'autres paysans se livrent à ce
même travail, seulement les attelages
varient, & le véhicule est orné chez
quelques-uns, plus sybarites, d'un
capotage en haillons qui leur donne
un faux air de cabriolet. La machine
nous emporte encore vers de nouveaux
horizons ; deux villages apparaissent
& s'enfuient derrière nous, la campagne a l'air de tourner, & les champs,
aux teintes diverses, couchés comme de
grands tapis, font d'immenses conversions qu'accompagne la ronde des
grands arbres ; tout à coup, à gauche,
derrière l'immense prairie verte, apparaît une longue bande jaune, première révélation du désert ; le sable se
montre encore de loin en loin, & bientôt

tôt des grandes flaques d'eau, des morceaux de terre inculte, des landes stériles se mêlent en bandes confuses au paysage cultivé, tandis qu'à l'horizon se découpe encore la silhouette des villages.

Les oiseaux aux grandes pattes s'élèvent un à un, puis forment de grandes traînées. Ils battent l'air de leurs ailes lourdes, & vont s'abattre plus loin au bord des marais solitaires. Puis revient le fleuve roulant ses eaux profondes, déployant son grand horizon fertile. Les grandes barques passent près de nous enflant leurs grandes voiles blanches à bordure bleue; on entend crier le bois du gouvernail qui incline aux méandres du fleuve la nef obéissante.

Un village dresse ses énormes pigeonniers, immenses tours de terre que nous avons déja décrites. Puis la voie tourne assez rapidement pour joindre un joli pont de fer qui retentit bientôt sous le poids du convoi ralenti. En effet, nous allons arriver à la station de Benah, & après avoir encore admiré du milieu du pont le cours majestueux du Nil, la luxuriante fertilité qui jaillit sur ses bords, près desquels se dresse le palais où mourut le vice-roi Abbas Pacha,

Pacha, nous nous arrêtons tout à fait
au milieu d'un sol bouleversé, où de
vastes monticules de terre & de débris
amoncelés accusent les ruines immenses
d'une vaste cité antique, l'ancienne
Athrybis. Les paysans vont chercher,
dans des paniers flexibles nommés
écouffes, la poussière salpêtrée de ces
collines de décombres pour en sau-
poudrer leurs champs humides, & ils
découvrent souvent ainsi de précieuses
antiquités. Nous partons ; au fond de la
campagne splendide qui apparaît encore à notre gauche, l'œil aperçoit,
dans un horizon noyé d'éther, les dernières cimes abaissées & à peine sensi-
bles de la chaîne arabique, dont un
rayon de soleil vient dorer les flancs
roses. Nous sommes au sommet du
Delta, & nous allons bientôt, quittant
la plaine d'alluvion, courir sur la
vieille terre où régnèrent les dieux
avant les Pharaons. Le désert s'annonce encore, de loin en loin, par des
monticules de sable isolés qui jettent
au milieu des prés verts leur croupe
dorée. La géologie n'explique pas
l'existence de ces dépôts étranges au
milieu de cette vase fertile, empiéte-
ment lent & successif du fleuve, & on
peut croire que quelque grand tour-
billon,

billon, que quelque simoun monstrueux
a soulevé & jeté au milieu de la campagne la masse désolée de ces bancs
de sable arrachés au désert voisin.
C'est qu'en effet, le voici qui apparaît
à droite. Les derniers mamelons de la
chaîne lybique viennent mourir à l'horizon, semblables à des vagues jaunes
immobiles. Elle trace avec la chaîne
arabique la vaste embouchure du
fleuve.

Tout à coup & en avant d'elle, deux
autres vagues pétrifiées élèvent au-
dessus des rideaux d'arbres bleus, &
au fond de la plaine leur crête aiguë.

Ce sont les pyramides qui découpent
sur le ciel leurs faces toutes dorées des
feux d'un soleil dont elles sont presque
contemporaines, & qui se couche tout
rouge à côté d'elles.

A partir de ce moment, la machine
que nous trouvions trop rapide, alors
qu'elle nous emportait au travers de
mille délicieux paysages, ne va plus
assez vite au gré de nos désirs. L'œil
s'efforce déjà de pénétrer le transpa-
rent horizon où s'estompent les monuments colossaux qui évoquent mille
souvenirs pleins d'une superbe gran-
deur. Aux images confuses des mystères de la vieille Égypte, aux grandes
ombres

ombres de *Sésostris* & d'*Alexandre*, se mêlent la mâle figure des phalanges républicaines. Dans l'éther qui enveloppe les antiques monuments, on croit voir se tracer la vague silhouette du héros étendant sa main vers le front des vieux monuments, & prononçant cette nerveuse allocution (baptême rajeunissant pour les pyramides), & dont l'écho, sorti de la bouche de bronze du canon, allait broyer les escadrons ennemis. Saluons donc avec un cri d'enthousiasme ces vieux observateurs muets de l'histoire du monde. A gauche, en face d'eux, la chaîne arabique a l'air de finir brusquement par un mont taillé à pic, c'est le *Mokattam*, au flanc duquel s'accroche la citadelle, & sa grande mosquée d'albâtre, & ses minarets aigus ; aux pieds de la montagne, la ville du *Caire* étend ses palais & ses maisons dominés par huit cents minarets ciselés. Tout cela se noie dans les plus charmantes teintes d'opale ravies à la palette du bon Dieu ; & une station (*calioub*), la dernière, nous permet de jouir de ce beau paysage pendant quelques secondes. Mais les deux chaînes de montagnes rapprochées semblent vouloir embrasser & réunir les

richesses

richesses que le fleuve accumule à leurs pieds. La plaine est moins étendue, mais elle se couvre de la plus luxuriante verdure ; au milieu de forêts d'oliviers & de sycomores, la prairie jette son tapis de velours où vient se reposer un vieux pont à ogives. Le canal de Ratat Bey, qui passait primitivement au-dessous de cette construction sarrazine, se jette à notre gauche où nous découvrons Coubeh, domaine du prince Mustapha-Pacha, tandis qu'à notre droite les arbres de Choubra, palais de S. A. Halim Pacha, s'épaississent pleins d'ombres & de fraîcheur. Puis vient à gauche, à l'entrée du désert de Suez, le palais d'Abbasieh, au prince Ilhanis, construction moderne qu'accompagne le dôme élégant du tombeau de Malek-Adel, ce héros de roman, célèbre par les lithographies des auberges. Sur les flancs dorés du Makattam, une montagne sinistre se détache par sa chaude & sombre couleur. C'est la montagne Rouge ; à ses pieds qui se noient dans le sable, se dressent quelques monuments disséminés, & dont la pierre a été calcinée par des siècles de soleil. Sous les dômes arrondis de ces monuments de la mort, reposent

les

les vieux califes, tandis que plus loin,
sur des collines de décombres, quelques moulins blancs, monuments typi-
ques de la vie, agitent leurs grands
bras. Mais un amas de maisons, d'arbres & de minarets se précipitent sur
le premier plan. Nous arrivons, le
sifflet de la machine retentit, & le convoi entre bientôt avec fracas sous la
gare européenne du Caire.

H.

LE

LE ROI MISTANFLUTE

(suite & fin)

OMBIEN de temps fus-je balloté dans les airs? Je ne saurais le dire : Quand je revins à moi, je fus dominé par la sensation la plus bizarre que j'aie éprouvée de ma vie. Je me sentais pendu, froissé, contusionné, & ces idées confuses me causaient des souffrances inexprimables.

J'ouvris les yeux ; mes regards furent blessés par une foule de lumières clignotantes, que j'apercevais au dessous de moi. Je les refermai avec une sorte de frayeur. Une douleur aiguë me tenait aux hanches, & me rappelait au souvenir de la réalité. La vérité se fit jour peu à peu dans mon cerveau.

J'étais tombé sur la cime des arbres d'une forêt séculaire. Le cerf-volant, qui m'avait conduit jusque-là, avait disparu ;

disparu ; la corde qui m'attachait à lui s'était rompue dans tous ces bouleversements. Je serais tombé comme une masse au travers des branches touffues, & je me serais écrasé sans doute, sans les ballons qui m'accompagnaient. Ils s'étaient emmêlés si bien dans les arbres environnants, que ma chute en fut arrêtée. Beaucoup de ficelles avaient manqué, mais la majeure partie résistait encore. J'étais donc accroché comme un lustre sous les voûtes d'une forêt majestueuse, & ce qui m'avait ébloui n'était que le papillotage des rayons de soleil filtrant à travers les feuilles.

Je n'ai pas besoin de vous expliquer comment je descendis de ce poste périlleux. En me balançant, j'atteignis une branche voisine, & grâce aux cordelettes qui étaient restées attachées à ma ceinture, je mis pied à terre sans danger.

Ma joie, en me retrouvant sain & sauf, n'était pas exempte de regrets. J'avais essayé vainement de dégager mes ballons & de les emmener avec moi. Ils étaient si bien enchevétrés dans les rameaux supérieurs des grands arbres, que tous mes efforts furent inutiles. Les ficelles se rompaient ; les globes

globes se déchiraient, & je parvins à grand'peine à en sauver un, que je voulus emporter par reconnaissance & par souvenir. J'abandonnai donc derrière moi un essaim de ballons que le vent dispersa de tous côtés, & s'il faut que je l'avoue, je m'attendris bêtement & leur adressai quelques paroles d'adieu.

J'étais donc égaré dans un bois inconnu. Le soleil, après avoir brillé quelques instants, venait de se couvrir de nuages. Je m'orientai de mon mieux, en consultant l'écorce des arbres, qui se couvre de mousses & de plantes parasites du côté de l'équateur. Quand je me fus rendu compte de ma position, je me dirigeai vers l'ouest le plus directement possible.

Mes provisions de voyage ne s'étaient pas toutes perdues. Je me reposai, pendant quelques heures, près d'une source où je bus avidement, car je souffrais cruellement de la soif. Je mangeai modérément, car j'étais moulu, & les souffrances physiques me coupaient l'appétit. Je sentais d'ailleurs la nécessité de sortir au plus tôt d'une solitude qui pouvait être peuplée de bêtes féroces. Je me remis donc en marche avec un courage qui fut

fut récompensé, car, au soleil couchant, j'atteignais la lisière de la forêt.

La campagne présentait l'aspect le plus sinistre ; je me trouvais dans un pays aride, rocailleux & dévasté. Jusqu'aux dernières limites, on n'apercevait aucune trace de végétation ni de vie. Le bois épais que je quittais semblait se dresser comme un vaste rideau entre la terre habitable & ces déserts farouches. Pourtant l'occident était là, & le soleil s'enfonçait dans un horizon de pierres derrière lequel était l'Océan.

Je compris bientôt tout mon malheur. La navigation que j'avais faite au-delà des Cordilières m'avait jeté dans le sud, bien plus avant que je ne croyais ; au lieu d'arriver au nord du Chili, dans des provinces fertiles & peuplées, je tombais dans les déserts d'Atacama, qui déroulent au bord de la mer, sur une longueur de deux cents lieues, leurs plages désolées. Il fallait renoncer à l'espoir de rencontrer un secours humain, une main amie.

Je ne devais compter que sur moi, & il était urgent de prendre une prompte résolution, car il me restait à peine pour deux jours de vivres. Je me décidai à marcher vers le littoral, où je pourrais

pourrais trouver des coquillages ; là, je me dirigerais vers le nord, pour tâcher d'arriver à Cobidja, un des ports les plus fréquentés de la Bolivie.

Malgré mon courage, il ne me fut pas possible de fournir une longue traite. Je finis par tomber sur les roches qui m'environnaient, car j'étais saoul d'émotions & de fatigues. J'aspirais au repos avec une telle énergie, qu'en dépit de tous les dangers, je m'endormis profondément. Ce sommeil fut court & mauvais ; je me réveillai à la première aurore.....

Je me mis aussitôt en route vers le couchant, par les chemins les plus abominables du monde. Accoutumé que j'étais à des marches rapides, j'enrageais en présence des obstacles incessants que j'étais obligé de surmonter. Mon ballon rouge flottait au-dessus de ma tête, comme pour me railler, en me rappelant les courses folles qu'il avait protégées. A chaque pas, il fallait franchir des ravins, tourner des collines, traverser des fossés pierreux, perdre ses forces & son temps, pour avancer d'une manière insensible. Il me semblait que j'étais changé en escargot, en tortue, & qu'au moment de toucher le port, le mouvement m'était refusé.

Le

Le soir arrivait pourtant, & la forêt que j'avais quittée se dessinait encore vaguement à l'horizon. Devant moi s'é-tendaient les mêmes solitudes & la même·désolation.

Je tombai accablé sur les pierres; mes pieds nus étaient endoloris ; la soif me dévorait ; mes provisions étaient fi-nies ; le découragement s'emparait de mon âme. Je me croyais perdu, quand soudainement un orage éclata ; la pluie tomba par torrents ; je m'abritai de mon mieux, & je pus me désaltérer dans des creux de rocher qui se rempli-rent d'une eau limpide. Mais ce bien-heureux orage m'apportait en outre l'espoir. Le vent tourna, &, soufflant de l'occident, me fouetta vivement le vi-sage. Je le respirai avec délices ; une brise humide & salée m'annonçait le voisinage de la mer.

Je dormis mieux que la veille. Rien ne troubla mon sommeil dans ce dé-sert habité par le seul règne minéral ; — le lendemain, à midi, j'atteignais les rivages de l'Océan pacifique.

J'avais donc traversé le sud-Améri-que tout entier. J'avais échappé aux Indiens, aux lions, à la faim, à la soif, aux dangers de toute espèce qui font regarder ce voyage comme un pro-blème

blème, insoluble, comme une extrava-
gance, comme une impossibilité.
J'avais la mer devant moi, & dans
ces latitudes, la mer, c'est presque la
patrie.

La France, la belle France ! — on
ne rit pas de cet adjectif à deux mille
lieues d'ici, — était baignée par les
eaux que j'avais sous les yeux ! Je me
la figurais de l'autre bord, en tournant
à gauche, toutefois. Mais il fallait partir pour y arriver. Je n'éprouvai pas
d'abord de déceptions sérieuses. Les coquillages sur lesquels j'avais compté
s'étalaient avec profusion sur les grèves
désertes. Je me régalai d'excellentes
huîtres, d'oursons, de petoncles & de
moules. Après un repas somptueux,
je m'endormis, — la téte à l'ombre &
les pieds au soleil, — sous les falaises
du rivage.

Le jour suivant, à peu près reposé,
je me mis en route vers le nord, sans
me dissimuler toutefois les difficultés
du trajet. Cobidja pouvait être à cinq
ou six cents kilomètres de distance ; il
était douteux que le rivage fût partout
aussi nourricier. Ces prévisions funes-
tes se réalisèrent. Après une assez longue marche, j'arrivai sur une plage
aride, que la violence de la mer dévas-
tait,

tait, sans y laisser aucune épave. Je m'y
laissai tomber, dans un état de fatigue
& d'accablement complet. Je me sentais incapable de poursuivre ou de revenir sur mes pas.

Je passai sur le sable une cruelle
nuit, & je me réveillai malade. Il me
parut impossible de continuer mon
voyage ; je demeurai étendu sur le sol,
résigné à la mort, sans mouvements &
presque sans idées. Tout à coup, je
tressaillis ; mes yeux, en parcourant
l'immensité, venaient d'apercevoir un
navire à l'horizon... Mes regards ne le
quittaient plus.

Il ne marchait pas. Au bout de quelques heures, je fus convaincu de son
immobilité. Je montai sur une dune
élevée, & je fis flotter mon mouchoir au
bout de mon bâton. Rien ne répondit à
ce signal.

Mais mon déplacement avait eu de
bons résultats. Dans un creux de rocher, à une certaine hauteur, je trouvai
un petit lac d'eau potable. Les oiseaux
y venaient boire sans doute, car à peu
de distance, j'aperçus des nids dans lesquels je pris quelques œufs. Je rencon-
trais, par un hasard providentiel, le
manger & le boire sur ce sable inhos-
pitalier.

pitalier. Le repas que je fis me rendit
un peu de vigueur.

Je me souvins de la devise de Maho-
met : Puisque le navire ne venait pas à
moi, il me fallait aller à lui. Rien ne
m'annonçait qu'il se disposât à re-
muer ; quoiqu'il fût très loin, on voyait
qu'il était à sec de voiles. Mais comment
parvenir à une pareille distance ? Je ne
savais pas nager ; je n'avais aucune em-
barcation sous la main : le pays, entièrement déboisé, ne me permettait pas
de construire un radeau. Rien que des
rocailles et d'énormes pierres soulevées
& bouleversées. Le temps n'était plus
où des dauphins obéissants promènaient
les voyageurs sur l'onde amère. Je ne
me souvenais de la Fable que pour
trouver la réalité plus cruelle.

Je songeai, en me creusant la tête,
que quelque naufrage pouvait avoir
jeté à la côte des bois ou des matériaux
qui me serviraient dans mon entreprise.
Je fis à cet égard des recherches exac-
tes : — Rien. Je ne rencontrai que des
pierres, des pierres encore, des pierres
toujours ! Mais, en courant çà et là, j'en
remarquai quelques-unes qui me paru-
rent singulières et qui me donnèrent à
réfléchir. Elles étaient poreuses à l'excès
& percées de trous comme des éponges.

J'essayai

J'essayai d'en déplacer une & je la fis rouler avec une extrême facilité. Plus de doute! J'étais tombé sur une carrière de pierres-ponces, éparses à fleur de terre. J'en soulevai quelques-unes dans mes bras & je me convainquis de leur prodigieuse légèreté. O Providence !...

Vous savez tous que la pierre-ponce surnage comme un bois léger. Je touchais au but. Il ne s'agissait plus que de construire une barque, un radeau de pierre & de m'entourer de toutes les conditions qui devaient assurer le succès de ma traversée.

Je fis choix d'un rocher poreux, qui me parut s'accorder au service que j'en voulais tirer. Il affectait une forme cylindrique irrégulière, c'est-à-dire que sur un des flancs du cylindre s'élevait une sorte d'arête, qui devait surnager, pendant que le corps principal de la pierre resterait submergé. Au moyen de cailloux tranchants, je fis une entaille profonde au milieu de l'arête, & je n'y eus que peu de peine, car la roche était très friable. Mon but était de m'asseoir dans l'entaille, aussi bas que possible, afin de ne pas élever le centre de gravité du vaisseau qui me porterait. Quand j'eus achevé cette besogne,

je

je me munis de deux grands cailloux
plats, que j'élevai à la dignité d'avirons,
&, sans vouloir réfléchir davantage, je
poussai ma pierre à l'eau & sautai dessus à califourchon. Je vis avec plaisir
que je pouvais garder l'équilibre ; l'eau
me montait jusqu'à la ceinture envi-
ron. La mer descendait ; une vague me
souleva & m'entraîna au large ; il
n'était plus temps de reculer.

Je ne m'en souciais d'ailleurs aucu-
nement. Je n'avais compté ni sur le
vent ni sur la marée, et le ciel m'en-
voyait ces deux alliés. Je m'éloignai
lentement du rivage, mais d'une façon
continue, & j'avançai insensiblement
vers le navire sauveur.

Il ne faut pas croire que ce fut en
droite ligne. Le courant qui me por-
tait au large m'entraînait sur la gauche
avec persistance, & je dus faire des
efforts très pénibles pour me maintenir
dans la bonne voie. Je battais l'eau de
mes galets comme un enragé, & j'eus
la joie de voir que je pouvais me diri-
ger à peu près à ma guise. Quatre heures après mon départ, je me heurtais
aux flancs du navire inconnu ; il était
presque nuit.

Bien avant cet abordage, j'avais hélé
à grands cris les matelots du vaisseau ;
personne

personne ne m'avait répondu. Cela ne me fit pas hésiter un instant. Je me dirigeai vers l'échelle de bord; je la gravis rapidement, & je sautai sur le pont; il était entièrement désert.

Je né veux pas faire d'effet dramatique, dit le roi Mistanflûte en s'interrompant. La simplicité avec laquelle je vous raconte mes voyages vous est un garant de ma sincérité. Il ne s'agissait donc ni du vaisseau fantôme, ni d'aucun des bâtiments fantastiques, célébrés par les ballades allemandes. J'étais tombé simplement sur un navire abandonné, & le livre du capitaine, que je lus le lendemain, me donna le mot de l'énigme.

Il y avait au moyen âge des Alchimistes qui rêvaient la pierre philosophale. De nos jours, il existe des esprits aventureux qui cherchent des mines inexplorées, des filons précieux, dans des contrées inconnues. Ils ne suivent pas en cela leur inspiration seule, mais quelque vague tradition qui se transmet dans les familles de père en fils ou d'oncle à neveu. Le capitaine de *l'Alcyon* était de ce nombre. Sur la foi d'un parchemin qu'on lui avait légué, il s'était avancé dans les déserts d'Atacama, & probablement il y avait péri
avec

avec tout son monde! Le gardien du navire avait attendu trois mois, & ne voyant revenir personne, égaré par l'ennui, l'incertitude & l'isolement, il s'était embarqué avec des provisions pour rejoindre ses camarades. D'après la date du procès-verbal de son départ, écrit par lui-même, il était parti depuis près de six semaines.

Je ne doutai pas de la mort de ces pauvres gens. Depuis son abandon, le navire avait subi des coups de mer & de rudes avaries. Une des ancres avait brisé sa chaîne; deux mâts rompus entravaient le pont de leurs débris. Les voiles étaient d'ailleurs soigneusement carguées, & à l'exception du désordre résultant de ces accidents, tout paraissait dans le meilleur état possible. A peine arrivé, je me couchai, & je dormis comme un loir sur un lit excellent, dans une des chambres de l'arrière.

Le lendemain, je me rendis compte de la situation du navire & j'en pris possession avec une certaine solennité. Je me nommai capitaine sans opposition, & j'estimai que mon bâtiment pouvait jauger huit cents tonneaux.

Je passai une partie de ma journée, la hache à la main, occupé à trancher les cordes qui retenaient les mâts renversés.

sés. Je les poussai par-dessus le bord &
finis par dégager le pont qu'ils encom-
braient.

Je me rendis ensuite à la cuisine, où
je me préparai un repas de gourmand.
Les approvisionnements étaient consi-
dérables. Je remontai prendre l'air,
après m'être assuré, en ouvrant quelques armoires & quelques caisses, que
j'avais de quoi vivre dix ans sur ce bord
hospitalier. L'avenir était donc à moi.
Je n'avais qu'à me croiser les bras, à
dormir & à manger, en attendant un
navire français, à qui je paierais mon
passage avec la cargaison qui m'appar-
tenait par droit d'aubaine.

Comme je me berçais de ces agréables
réflexions, le ciel s'assombrit tout à
coup. Vous devez être ivres de tempêtes
& de violences. Je ne vous ferai donc
pas de description. Sachez seulement
qu'à la nuit tombante, nous étions en-
veloppés par le plus épouvantable des
ouragans. Ma naïveté vous fera rire,
mais j'ai toujours cru que c'était l'orage
de Rio de Janeiro, qui, après s'être pro-
mené dans les terres, finissait par me
rattraper. La foudre brisa la chaîne
de mon ancre maîtresse, & je fus em-
porté sur les immensités de l'Océan,
au gré des vents & des flots.

C'est

C'est ainsi que je fis deux mille cinq cents lieues ! Oui, j'ai bien dit le chiffre. Cette promenade de fantaisie dura près de neuf mois. Je ne crois pas que j'aie besoin de dire que l'orage ne persista pas aussi longtemps. Après m'avoir donné une poussée atroce pendant une semaine, il n'en fut plus question. Le beau temps arriva, & je pus apprécier le charme des voyages en mer. Dieu tenait la boussole.....

Le ciel était bleu & l'eau limpide. Je flânais sur le pont de mon navire avec une grande philosophie, rêvant aux petites cuisines que je me faisais. J'avais eu des velléités de manœuvres maritimes ; je m'étais efforcé de déployer une voile & de manier le gouvernail. Je compris bien vite que je ne ferais rien qui vaille & je m'en remis à la Providence. Pendant six mois, je ne vis que le ciel & l'eau, car je ne parle pas des navires qui passaient dans l'éloignement & dont aucun ne voulut s'approcher de moi.

Le monde me paraissait terriblement grand, car la brise avait été presque constante, & sauf de rares irrégularités, je faisais constamment route vers l'ouest, entraîné peut-être par quelque courant naturel. J'allais donc toujours

du

du côté du couchant, & je n'arrivais nulle part. Cela dérangeait toutes mes idées.

Je me demandais de temps en temps comment mes livres étaient tenus sur le quai des Chartrons. Sans cette tache, sans ce nuage, je me serais cru heureux, car la société est pour moi une distraction plutôt qu'une nécessité.

Pendant les derniers mois de mon voyage, je commençai à voir passer au lointain des côtes bleuâtres, des terres inconnues. Je compris que j'arrivais en Océanie, mais je me demandai comment je ferais pour aborder quelque part.

Le hasard se chargea de m'épargner cet embarras. Une nuit, pendant que je dormais profondément, je ressentis une vive secousse. Je crus d'abord à un accident, mais une immobilité complète succéda à ce choc. Mon vaisseau venait de toucher, pour mon bonheur, à l'île Aurore.

Ici la reine rougit & tendit en souriant sa petite main au roi Mistanflûte. Il baisa le bout de ses doigts roses, & après une toux discrète, il reprit son récit :

Je passai le reste de la nuit sur le pont, en proie à d'étranges inquiétudes.

17.   Les

Les premières clartés du jour me per-
mirent de juger de ma situation. Mon
navire, poussé par le vent, était échoué
sur une plage unie & sablonneuse, dans
une sorte de petite baie entourée de
grands arbres. Il s'était creusé un lit
profond dans le sable & ne bougeait
non plus qu'une souche. J'étais déci-
dément au port.

Le pays paraissait magnifique. Des
myriades d'oiseaux étincelants vole-
taient dans la forêt & faisaient miroiter
au soleil leurs ailes diaprées. C'était
une féerie, un véritable enchantement.
Une brise douce & parfumée agitait
d'immenses buissons de fleurs, qui s'in-
clinaient vers moi & semblaient me
souhaiter la bienvenue. La nature était
en fête. Je voulus me mettre à l'unis-
son, & je descendis dans ma cabine où
je me fis superbe. Je m'affublai d'une
robe de chambre de satin broché, que
j'avais trouvée dans la garde-robe du
capitaine. Elle était semée, sur un fond
noir, de rosaces éclatantes entourées
d'arabesques d'or. Je ne pus me résou-
dre à quitter mon chapeau, mais je l'en-
tourai d'un châle de cachemire, qui en
fit un splendide turban. Je remontai
alors sur le pont, comptant fort sur cet
appareil pour éblouir & pour séduire
les

les naturels du pays. Car j'entrais dans un monde inconnu, & ce paradis pouvait fort bien être habité par des hordes de cannibales.

Mes appréhensions ne furent pas de longue durée. La mer s'était retirée ; je pus descendre à terre, & je m'avançais vers la forêt, quand je vis sortir d'une allée sombre un groupe de jeunes filles d'une beauté singulière & d'une blancheur dorée. Elles étaient aussi peu habillées que possible, si j'en excepte celle qui marchait à leur tête, & qui semblait leur reine par sa prestance & par sa fierté. Elle était enveloppée dans un nuage épais de gaze qu'elle retenait autour d'elle, & qui la faisait ressembler à une divinité de l'Olympe. Ces dames se dirigeaient vers la mer, avec l'intention évidente de s'y baigner.

Quand elles m'aperçurent, & mon vaisseau en même temps, elles poussèrent des cris d'oiseaux effarouchés, & se serrèrent les unes contre les autres, réfugiées derrière leur capitaine, qui me regardait avec de grands yeux. Elle ne s'expliquait pas ce Turc dans le paysage, avec un navire désemparé dans le fond. J'avançai pourtant vers elle, & à quelque distance, je ployai le genou. Alors un faible sourire effleura ses lèvres.

— D'où

— D'où vous vient, me dit-elle, cette témérité d'aborder en mon île? Sachez, Turc inattendu, qu'on ne vient point impunément dans mon empire.

Malgré ces paroles menaçantes, il me parut que la dame étouffait une forte envie de rire. Elle était à cent lieues de penser que je pouvais comprendre le français du grand siècle. Aussi, devint-elle fort rouge, quand, m'étant relevé, je lui adressai ce discours :

— O vous ! qui que vous soyez, mortelle ou déesse, quoique, à vous voir, on ne puisse vous prendre que pour une divinité, seriez-vous insensible au malheur d'un homme qui, cherchant son chapeau à la merci des vents & des flots, a vu jeter son navire sur vos rivages ?

— Vous êtes donc Français? s'écriat-elle.

— Non, je suis Bordelais.....

— Et moi Parisienne !

— Comme on se retrouve !

Et je tombai de nouveau aux pieds de la déesse, mais cette fois, pour lui embrasser les mains. Elle me laissait faire avec quelque timidité. Je me sentais heureux & plein d'espoir; il me semblait que j'avais reconquis ma jeunesse : Elle devait en effet renaître dans

ce

ce climat où règne un éternel printemps ! On a bien raison de dire que
les voyages forment les hommes.

Les suivantes de la reine ou ses dames
d'honneur, si vous voulez, commen-
çaient à ne plus s'effrayer de moi. Je
voyais à leurs traits qu'elles ne com-
prenaient pas notre conversation, mais
elles devinaient que j'étais un ami.
Aussi se rapprochaient-elles, de façon
à me causer le plus grand embarras.
Ces filles de la nature, d'une innocence
relative, ignoraient complètement les
lois de la pudeur, & depuis mon avéne-
ment, j'ai eu toutes les peines du
monde à leur faire adopter une mode
pourtant bien simple, celle du jupon.

La reine devina mon ennui, & d'un
geste, elle éloigna cette cour folâtre, qui
gravit un rocher voisin pour piquer
une tête dans l'Océan.

Nous étions cependant assis, & pressé
par les prières de l'inconnue, je lui
racontai mon histoire qu'elle eut la
bonté de trouver intéressante. A son
tour, elle consentit à me faire ses con-
fidences qui me donnèrent fort à réfléchir....

— Mais, s'écria le roi à cet endroit
de son récit, pourquoi vous raconte-
rais-je les incidents politiques & les

révolutions

révolutions intimes auxquels le sort m'a mêlé? Ces événements vous paraîtraient décolorés après les secousses de voyage auxquelles vous avez assisté.

Qu'il vous suffise de savoir, mon cher capitaine, qu'après des péripéties romanesques, je sauvai la vie de la reine de l'île Aurore, & que pour récompenser mon dévoûment & mon amour, elle me fit partager sa couronne... — Qui m'eût dit que, pour trouver le bonheur, il me faudrait faire le tour du monde !...

Ici le roi s'inclina vers la reine, qui appuya sa tête charmante sur son épaule. Le groupe était admirablement posé ; ma situation devenait embarrassante.....

— Ainsi, mon bon ami, lui dis-je, — car il fallait bien dire quelque chose, — vous êtes complètement heureux ?

— Oui, — & non, — répondit-il avec un sourire étrange. Je suis populaire, absolu, chéri de mon peuple & de ma femme, — mais on m'a prédit — autrefois, aux Chartrons, rue Barreyre, — que je mourrais vicaire dans une église des Batignolles, — & cela m'inquiète.

RR.

DERRIÈRE LES

DERRIÈRE LES FAGOTS

—

A littérature a fait, il y a quelque temps déjà, deux pertes notables. Nous venons bien tard à présent pour parler longuement des deux hommes remarquables qui sont morts le mois dernier, & pourtant nous tenons à dire quelque chose de ces deux types extrêmement intéressants l'un & l'autre.

Le premier, c'est Auguste-Marseille Barthélemy, le satirique méridional dont la *Némésis* fit tant de bruit à la fin de la Restauration & au commencement du Gouvernement de Juillet.

Cet homme, dont les convictions avaient varié tant de fois & qui avait justifié lui-même ses revirements d'opinion dans ce vers resté célèbre :

L'homme absurde est celui qui ne change jamais

avait commencé sa carrière de poète politique par une véhémente *Satire*

contre

contre les Capucins, puis avait subite-
ment passé de là à des opinions plus
monarchiques & plus catholiques en
s'incorporant à la rédaction. Il· avait
même bénéficié d'une pension de 1,5oo
fr. que lui avait accordé Charles X pour
un article *contre la liberté de la presse*
qu'avait publié le journal que nous
venons de nommer.

Nous le voyons aussi s'affirmer dans
cette phase de ses opinions par une *Ode
sur le Sacre* en 1825, dans laquelle il
adulait encore cette forme de gouvernement qu'il devait ensuite si fort mal-
traiter dans la *Villéliade*, la *Peyron-
néide*, la *Bacriade*, & enfin *Némésis*.
- Il serait même curieux de rapprocher
l'enthousiasme du poète écrivant cette
ode sur le sacre de Charles X, du mépris
qu'il afficha par la suite pour Lamartine dans ces vers tirés de *Némésis* :

On n'a point oublié tes œuvres trop récentes,
tes hymnes à Bonald en strophes caressantes ·
& sur l'autel rémois ton vol de séraphin ˙;
ni tes vers courtisans pour tes rois légitimes,
pour les calamités des augustes victimes
   & pour ton seigneur le dauphin.
Nous

˙. Allusion au *Chant du Sacre* de Lamartine.

.Nous ne voulons pas faire une biographie de Barthélemy, ni continuer à noter ses changements divers. Si nous avons rappelé ses premières variations, c'était pour amener le rapprochement que l'on vient de lire & qui était certainement intéressant à faire.

Doué d'une grande facilité de travail, Barthélemy, plus encore que Méry, son collaborateur habituel, qui, lui du moins, a été sincère dans ses convictions, emportera la gloire d'avoir été non un grand poète, sans doute, mais un versificateur de premier ordre.

Presque en même temps que la lettre de faire-part du décès de Barthélemy, nous recevions d'un homme qui a voué à Méry un vrai culte d'amitié et d'admiration, la lettre suivante, dont nous faisons profiter nos lecteurs :

Mon cher Ami,

Dans votre dernière livraison, vous donnez un souvenir à Méry & vous publiez quelques vers de lui. La mort de Barthélemy occupera certainement une place dans votre prochain numéro A propos de ces deux noms qui furent si longtemps unis, permettez-moi de vous rappeler un souvenir. Némésis avait fourni sa carrière & la satire
politique

*politique du journal hebdomadaire
allait passer dans le livre. Le libraire
Perrotin avait acheté l'œuvre entière
des deux poètes. Seulement on ne sait
pourquoi ni comment cette publication
fut annoncé sous le nom de Barthélemy
seul. Méry avait toujours fait bon
marché de son œuvre; alors, comme depuis, il n'aimait guère à regarder que
devant lui. Mais voyant cette annonce, il
s'émut, &, suivant le conseil de ses
amis, envoya du papier timbré au libraire. C'est le seul & unique procès
que Méry ait jamais intenté de sa vie.
J'ajoute que ce procès n'eut pas de
suite, parce que le poète reçut immédiatement satisfaction. Je crois le fait
peu connu; c'est pourquoi je vous l'en-
voie.*

   Bien à vous,

   Georges BELL.

Notre ami, M. Georges Bell, est on ne
peut plus compétent dans la question;
nous lui laissons donc toutes la res-
ponsabilité de ce qu'il avance.

Quant à Barthélemy, — & ceci est
encore à l'ordre du jour, — le point à
examiner à présent est de savoir s'il a
réellement laissé des mémoires. & ce

   qu'ils

qu'ils seront. C'est à l'avenir à nous renseigner.

—

Le second poète enlevé aux lettres est cet énergique poète des *Fleurs du mal*, Charles Baudelaire, âme tourmentée par la soif du bizarre, & qui lui a trop souvent sacrifié.

Il n'en est pas moins certain qu'il y avait un grand souffle dans les productions maladives de ce contemplateur des fumiers & des bouges.

Nous en chercherons un exemple dans deux poésies de cet auteur, qui avaient été publiées dans la première édition des *Fleurs du mal* &. qui ont disparu avec trois autres dans la suivante, en vertu d'un jugement.

Cette première édition étant devenue très rare & très chère, les amateurs & les bibliophiles nous sauront gré de leur donner ici ces deux poésies que n'a pas sous la main qui veut.

Ils nous excuseront, en même temps, d'avoir pudiquement supprimé les passages qui auraient pu justifier à notre égard, si nous avions publié ces pièces *in extenso*, une sévérité analogue à celle

celle que le poète a rencontrée lors de
leur apparition.

La première, c'est

LE VAMPIRE.

La femme, cependant, de sa bouche de fraise,
en se tordant ainsi qu'un serpent sur la braise,
&, pétrissant ses seins sur le fer de son busc,
laissa couler ces mots tout imprégnés de musc :
« Moi, j'ai la lèvre humide, & je sais la science
« de perdre au fond d'un lit l'antique conscience.
« Je sèche tous les pleurs sur mes seins triom-
  « phants
« & fais rire les vieux du rire des enfants.
« Je remplace, pour qui me voit . . . . . sans
  « voiles,
« la lune, le soleil, le ciel & les étoiles.
« Je suis, mon cher savant, si docte aux volup-
  « tés,

. . . .

. . . .

« timide & libertine, & fragile & robuste,
« que sur ces matelas, ...
« les anges impuissants se damneraient pour
  « moi. »
Quand . . . .
  . . . languissamment je me tournai vers elle
pour lui rendre un baiser d'amour, je ne vis plus
qu'une outre aux flancs gluants, toute pleine de
  pus.
Je fermai les deux yeux dans ma froide épou-
  vante;
&, quand je les rouvris, à la clarté vivante,
a mes côtés, au lieu du mannequin puissant
qui semblait avoir fait provision de sang,
tremblaient confusément des débris de squelette,
         qui,

qui, d'eux-mêmes, rendaient le cri d'une gi-
    rouette
ou d'une enseigne, au bout d'une tringle de fer,
que balance le vent pendant les nuits d'hiver

    Cette pièce contient assurément des
beautés de premier ordre. En voici une
autre qui est dans le même cas :

LE LÉTHÉ.

Viens sur mon cœur, âme cruelle & sourde,
tigre adoré, monstre aux airs indolents ;
je veux longtemps plonger mes doigts trem-
    blants
dans l'épaisseur de ta crinière lourde.

. . . .
. . . .

& respirer, comme une fleur flétrie,
le doux relan de mon amour défunt.

Je veux dormir ! dormir plutôt que vivre !
dans un sommeil, douteux comme la mort,
. . . .
. . . .

Pour engloutir mes sanglots apaisés,
rien ne me vaut l'abîme de ta couche ;
L'oubli puissant habite sur ta bouche,
& le Léthé coule dans tes baisers.

A mon destin, désormais sans délice,
j'obéirai comme un prédestiné ;
martyr docile, innocent condamné,
dont la ferveur attise le supplice.

                       Je

Je sucerai, pour noyer ma rancœur,
le népenthés & la bonne ciguë
aux bouts charmants de cette gorge aiguë
qui n'a jamais emprisonné de cœur.

Baudelaire est mort victime de son genre de talent; il a tant cherché l'originalité, ou, si l'on préfère, il avait en lui tant de cette originalité-là, qu'il a trouvé la mine de ses plus belles inspirations dans l'abus de toutes choses.

Il en a porté la peine, & pour lui appliquer des vers de lui-même :

. . . .
Immédiatement, sa raison s'en alla ;
l'éclat de ce soleil d'un crêpe se voila ;
tout le chaos roula dans cette intelligence,
temple autrefois vivant, plein d'ordre & d'opulence,
sous les plafonds duquel tant de pompe avait lui,
le silence & la nuit s'installèrent en lui,
comme dans un caveau dont la clef est perdue.
Dès lors, il fut semblable aux bêtes de la rue,
&, quand il s'en allait sans rien voir, à travers
les champs, sans distinguer les étés des hivers,
sale, inutile & laid comme une chose usée,
il faisait des enfants la joie & la risée.

La mort est venue mettre enfin un terme à ses terribles souffrances & à cet état voisin de celui de la brute. Pauvre Baudelaire !

X.

———

CENT

CENT D'AIGUILLES

E père d'Hamburger, le désopilant comique des Variétés, est un honnête bijoutier allemand, qui a amassé une jolie fortune à vendre des diamants. Ce qui le désespère, c'est la vocation bizarre de son fils, & chaque fois qu'il en trouve l'occasion, il lui fait des reproches toujours vains.

Un jour, entre autres, ce bon père lui dit:—Voyons, sois franc. Ce métier ne te rapportera jamais rien?

— Mais si, papa, fait Ajax Ier.

— Écoute, je ne te dirai plus rien à ce sujet, si tu parviens à me dire le nom de trois artistes qui aient fait leur fortune au théâtre?

— Je vous en dirai dix; &, en effet, le lendemain, Hamburger montre à son père étonné une liste où il y avait une vingtaine de noms.

C'était tous noms de femmes.

Dans

Dans un récent voyage à Paris, l'ex-roi d'Araucanie va voir le directeur d'un grand journal dans son hôtel.

— Qui aurai-je l'honneur d'annoncer ? lui dit le valet de chambre.

— Sa Majesté le roi d'Araucanie, répond le souverain.

A quelques jours de là, le monarque revient pour une seconde communication.

Le journaliste était seul, occupé à travailler.

— Que me veut-on ? demande-t-il au domestique qui vient d'entrer.

— Monsieur, dit le valet naïf, c'est ce roi de l'autre jour.

C'est encore un vieux fiancé très riche qui avoue à sa belle-mère qu'il ne veut pas épouser *chat en poché*. Enfin, après des hésitations bien naturelles, le jeune homme déclare que, pour se décider, il faut qu'il voie sa fiancée...—(Mon Dieu ! Comme c'est difficile à dire !)— dans un appareil tel qu'il n'ait plus de doute à conserver; dans un appareil plus simple que celui de Junie, c'est assez en dire.

Le fiancé étant riche, la mère consent;

sent; elle fait cacher le fiancé, &, sans
prévenir sa fille, provoque ce que le fu-
tur mari avait demandé. Tout s'exécute.
à la satisfaction générale.

— Eh bien! dit la mère au specta-
teur rassasié, eh bien! êtes-vous ras-
suré?

— Oui, répondit-il, elle n'est pas
mal; mais voyez, le mariage est impossible, elle a de trop vilains yeux!

A L'AMAZONE MASQUÉE *(sirvente
vingtième)*. Voyons donc! Ce n'est pas
encore fini ce jeu aussi puéril que
fantasque? Qui que tu sois, démon,
femme, follet ou dieu, je t'en adjure,
ôte ton masque. Dis-nous ton nom,
l'espoir dont ton cœur est frappé,
d'où tu nous viens, de quelles zones?

Serais-tu l'Hippolyte au sein gauche
coupé, reine auguste des Amazones?

Serais-tu, par hasard, une femme
écrivain comme défunte Colombine,
dont le nom est posé comme un rébus
qu'en vain le public commente & de-
vine?

Non! d'après un billet que tu n'as pas
signé, dans un journal caustique &
leste, j'ai vu que tu n'étais Deffand, ni
Sévigné, ni même Mogador (Céleste).

Or, sauf en carnaval, comme on n'a

pas le droit, d'après les arrêtés, en
France, de sortir déguisé, ton masque,
on le conçoit, est un masque de tolé-
rance.

De cela je conclus que si tu prends
le soin,—que moi j'intitule remède,—
de cacher tes attraits, c'est qu'il en est
besoin, c'est que nous te trouverions
laide, & que c'est pour cacher — nous
nous en consolons — les trous que sur
ta face molle la petite vérole a tracés
en sillons... — Je dis la petite vérole.

Un nouvel organe politique
(*sirvente vingt & unième*). Ce journal est bien fait, calme & spi-
rituel, mais son appétit est féroce. C'est
un Gargantua, fils d'un Pantagruel, qui
cherche partout plaie & bosse. Brisse
expliquait ainsi *la situation* dans son
langage pittoresque :

Ce bon Grevier a pris une indigestion
par trop de cuisine tudesque. — Son
estomac admet Brême & Lubeck aussi.
— Les aigles russes (sauce aux câpres)
avec les polonais (purée à la Crécy) ne
passent pas trop mal, quoiqu'âpres. —
Il dévore aisément un bon Frohsdorff-
Condé, & gourmand comme une cou-
leuvre, il aimerait beaucoup le nord-
germain

germain lardé de princillonnets en hors-
d'œuvre. L'Amérique, poisson qui l'au-
rait étouffé, exige l'emploi de besicles.
Le Schleswig est fadasse, on l'aime ré-
chauffé avec du concombre & des pickles.
·L'Espagne est très mangeable avec de
l'O'donnel, du Narvaez en papillotte, &
d'autres officiers à la maître d'hôtel
·flanqués de Prims en gibelotte. L'Au-
triche est un bon plat, nourrissant, di-
·gestif, même sans sauce vénitienne. Le
·Lopez mexicain est apéritif avec du
poivre de Cayenne. La Suisse, où Giu-
seppe Garibald, aujourd'hui prêche le
trouble & le désastre, insulte au pape,
aux rois, à tous souverains, lui cha-
touille à peine l'épigastre.

Tout cela passe encore, mais cuit aux
gros vins bleus, viande aux raffine-
ments tartuffes; ce qui ne passe pas
dans ce ventre orgueilleux, c'est le Bis-
mark garni de truffes.

PANTIN A LA MODE *(sirvente
vingt-deuxième)*. Chaque pays a son
pantin accrédité; cela fait les plus jolis
groupes. L'Angleterre a son Punch, au
nez agrémenté d'acrocordons & de tarou-
pes; la pudique Belgique a son *manne-
ken-piss*, & l'Allemagne, pour ses bour.

des,

des, Münchausen & Michel, deux Jean-
nots décrépits, faiseurs de platitudes lourdes. L'Espagne a Lazarille, honnête
-homme très gueux, & Figaro cher à la
scène ; la Turquie & la Chine ont le gros
Karageus avec son appendice obscène ;
Turin a Gianduja ; Marforio, Pasquin
égayent la ville éternelle ; Naples joint
doublement la batte d'Arlequin aux bos-
-ses de Polichinelle ; La France a son Cas-
sandre, heureux, battu, cocu, ses Jocris-
ses & ses Paillasses, son Gilles, qui
-reçoit des coups de pied au c.., aux
grands rires des populaces.

La Suisse a maintenant son pantin,
neuf, hardi, qui, sans ficelles, joue &
bouge. Ce pantin, c'est Monsieur Joseph
Garibaldi, Sganarelle en chemise rouge.

XX.

SOUS

SOUS LA VITRINE

Seizième aux Bibliophiles

Lᴀ quinzaine litté-
raire a été des plus
pauvres. Il semblerait
que les éditeurs n'aient
voulu rien mettre en
vente par les chaleurs
tropicales dont nous
avons été accablés. Les
étalages des libraires
ne sont occupés que
par quelques petits
volumes aux titres
croustillants. Ce sont
d'abord les *Mémoires
de Finette*, une célé-
brité du Casino, puis
les *Joyeuses dames de
Paris*, & aussi des
petits volumes écrits
en anglais & imprimés
à Paris, sur la couver-
ture desquels sont
collés de mauvaises
petites chromolitho-
graphies, qui veulent
être égrillardes & qui
ne sont que bêtes. Ces
guides d'un nouveau
genre s'intitulent har-
diment : *Guide noc-
turne pour les gentle-
men qui veulent tout
voir; Paris vu à la
lumière du gaz*. Il
serait vraiment regret-
table que l'Exposition
nous ait ramené ce
genre de littérature
pomographique, dont
nous pouvions nous
croire débarrassés &
qui menace d'envahir
de nouveau les vitrines
des libraires des pas-
sages & des boule-
vards.

Nous

Nous avons fini, à force de livres de cette sorte, par donner une triste idée de notre capitale aux étrangers, qui la considèrent maintenant comme une sorte de mauvais lieu à l'usage du monde entier. Cette idée tend tellement à s'accréditer hors de France, qu'un de nos amis, qui revient d'Allemagne, nous racontait que les libraires de ce pays publient une foule de petits volumes parés de titres du genre suivant : *Paris-Cocotte*. A côté de ces articles-là, véritables *articles de Paris*, sont posés dans leurs montres de gros volumes de métaphysique allemande. Voilà l'Allemagne, semblent-ils dire, & voici la France. Comme c'est flatteur pour nous !

Il se produit depuis quelques semaines, dans la presse, un mouvement vers les choses sérieuses qui console un peu les gens de goût. Nous voulons parler de la réapparition dans les journaux quotidiens des articles de *Variétés littéraires*. On sait combien ils devenaient rares & combien peu le public semblait les apprécier. Deux journaux principalement, l'*Époque* & la *Situation*, consacrent un grand espace à des articles de critique littéraire. Le premier, le journal de M. C. Duvernois, contient presque tous les jours des articles de MM. Sarcey, Vallès & Arnoult. — C'est dans la *Situation* qu'ont paru les deux articles de M. E. About, dont il a été tant parlé ces temps derniers, sur la *Situation littéraire* & sur la *Situation dramatique*.

Une revue qui compte déjà huit années d'existence, la *Revue Nationale*, vient de se transformer ; de mensuelle qu'elle était, elle devient hebdomadaire ; elle se publie chaque samedi par livraisons de de 24 pages, petit in-4° à deux colonnes Dans les quatre livraisons déjà parues de cette nouvelle série, nous avons remarqué quelques bons articles de MM. Laboulaye, C. Silden, Claretie, F.-V. Hugo, R. Ménard, Paul Déroulède & H. Brisson. Souhaitons que cette publication, imitée des revues hebdomadaires anglaises, puisse s'acclimater en France.

La maison Didot vient de donner à la *Mode illustrée* un pendant qui intéresse plus le sexe barbu que son *Moniteur de la Mode*, nous voulons parler de la *Chasse illustrée*, splendide journal hebdomadaire illustré de belles gravures sur bois & que dirige M. Bénédict Révoil.

Nous avons également à signaler l'apparition de *la Haute-Vie*, gazette mensuelle de l'élégance parisienne, qui a pour rédacteur en chef M. Marc de Montifaud & qui est habilement rédigée par des écrivains qui s'appellent Arsène Houssaye, Amédée Achard, &c.

Dans une vente qui s'est faite à Londres, il y a peu de temps, les éditions originales des pièces de Shakspeare ont monté à des prix très élevés qu'il est intéressant de noter : *Le Songe d'une Nuit d'été* s'est vendu 41 livres 10 schelling ; *Henry V*, 12 guinées ; *Le roi Lear*, 31 liv. ; *Les joyeuses commères de Windsor*, 25 liv. ; *Roméo & Juliette*, 15 liv. 5 sch. ; *Le Marchand de Venise*, 31 liv.

L'IMPRIMERIE, LA RELIURE, LES LIVRES A L'EXPO-
SITION UNIVERSELLE DE 1867.

VI

On sait quelle importance la maison Hachette a prise depuis une quinzaine d'années. Son fondateur, le regrettable M. L. Hachette, avait commencé par s'occuper de librairie classique, & ce n'est que peu à peu, par la création de la *bibliothèque des Chemins de fer*, de la collection des Guides & par l'acquisition de quelques fonds de librairie, notamment d'un grand nombre d'ouvrages édités par MM. Lecou & Maison, qu'il est parvenu à élever son établissement au rang qu'il occupe aujourd'hui . Les collections d'ouvrages spéciaux, les *bibliothèques variée, rose, des Merveilles* & des *meilleurs romans étrangers*, les *Guides Joanne* répondent à des besoins réels & c'est ce qui a fait leur succès. Les ouvrages de vulgarisation alternent avec les œuvres savantes, s'adressant à un public d'élite. Tous les âges & toutes les intelligences, toutes les bourses, celles des riches bibliophiles & celles des travailleurs, trouvent à s'approvisionner de lectures dans les livres de cette grande librairie, qui occupe au Champ-de-Mars un emplacement digne d'elle.

Un grand corps de bibliothèque contient, revêtues de riches reliures, ses éditions les plus remarquables par leur luxe ou leur bon marché.

En première ligne figure naturellement cette belle collection des *Grands écrivains de la France*, bien connue des bibliophiles, qui ne regrettent qu'une chose:
la

la lenteur avec laquelle elle est menée. De grands ouvrages illustrés, les in-folio de Doré : le *Dante*, *Don Quichotte*, *Atala* & les *Fables de La Fontaine*, en tête, trouvent toujours place sous ces vitrines. Trois publications de ces dernières années méritent une mention particulière; nous voulons parler du *Ciel*, de M. A. Guillemin, du *Monde de la mer*, de M. Frédol (Moquin-Tandon) & du bel ouvrage sur *les Mines*, par M. L. Simonin, qui a paru pour le jour de l'an dernier. Au texte intéressant & instructif de ces volumes se trouvent jointes d'excellentes gravures sur bois & des chromolithographies très bien exécutées, qui donnent un grand charme aux ouvrages qu'elles illustrent.

Le Tour du Monde, ce merveilleux journal qui fait défiler sous les yeux éblouis de

ceux qui le feuillettent, les villes, les paysages, les types & les costumes du monde entier, est trop connu du public pour qu'il soit besoin d'insister sur son importance.— Enfin sur les tablettes des vitrines sont posés les *Dictionnaires* bien connus de MM. Bouillet, Vapereau & Belèze, les ouvrages scientifiques & illustrés de M. L. Figuier, qui, ainsi que la presque totalité des ouvrages édités par la maison Hachette, sont imprimés par M. Ch. Lahure, l'imprimeur de la rue de l'Ouest.

Les murs qu'avoisinent les vitrines occupées par tous ces livres, sont couverts de spécimens des gravures qui ornent les publications illustrées, & notamment de quelques tirages de choix des bois exécutés d'après les dessins de G. Doré. Mais ce qui attire le plus l'attention des visiteurs, c'est le tableau

bleau contenant quelques-uns des dessins de Bida & quelques eaux-fortes d'après les dessins du même maître, destinées à illustrer cette splendide édition des *Evangiles*, que les directeurs actuels de la maison Hachette, MM. Templier & Breton, se proposent de faire bientôt paraître.

DD.

PAUL KLOTZ

LA

LA REVUE DE POCHE

(Quaterly Rewiew)

&

LA PETITE REVUE DE POCHE

—

Comme il a été dit plus haut, dans la note du rédacteur en chef, la *Revue de Poche* paraîtra dorénavant par volumes trimestriels dans son ancien format. Chaque volume sera composé de douze feuilles, au moins, & contiendra dans cette forme, très soignée, un choix d'articles des meilleurs écrivains. Pour donner plus de valeur à la collection de la Revue, l'administration a décidé que chaque livraison (un fort vol. in-12 sur papier de Hollande, titre en rouge & noir) ne serait tirée seulement qu'à 250 exemplaires numérotés & paraphés dont le prix est provisoirement fixé à 5 francs le volume.

Nous engageons dès à présent les collectionneurs de notre publication, & les amateurs à inscrire leurs noms & leurs adresses sur le registre que nous venons d'ouvrir à cet effet à la librairie générale des auteurs & de l'Académie des Bibliophiles, 10, rue de la Bourse.

Cette formalité a son importance, on le voit, car le nombre restreint des exemplaires tirés que nous limitons d'après l'usage reçu, en belle impression, au chiffre que nous avons signalé plus haut, ne permettra sans doute pas à tous ceux qui voudront avoir l'ouvrage, de se le procurer

curer par la suite, au moins dans sa première
édition, si recherchée des vrais amis des livres·
Souscrire c'est donc s'assurer, sans risques à
courir, d'avoir les volumes au fur & à mesure
de leur apparition.

Tous les trois mois, la livraison sera remise
aux adresses indiquées par les souscripteurs contre remboursement de la somme de 5 francs. Il
en sera de même des personnes qui enverront
de province leurs noms pour être inscrits sur
le registre de la Revue. Ils recevront le volume
& nous retourneront en échange la somme de 5
francs en un mandat-poste. Le registre sera
ouvert le 25 septembre 1867 & clos irrévocable-
ment au deux cent cinquantième nom de sous-
cripteur.

Le premier volume paraîtra du 15 au 30 no-
vembre. L'on ne paie pas en s'inscrivant; toutefois, les personnes qui voudraient payer d'avance
pourraient s'abonner pour l'année entière (4 volumes) au prix de 15 francs.

Néanmoins, à côté de la transformation que
nous venons d'expliquer, l'Administration, ne
voulant pas détruire le charme d'une publication bi-mensuelle, pour les amateurs de ce
genre de recueil, s'est décidée à créer une nouvelle publication émanant de l'esprit de l'ancienne *Revue de Poche*. Ce qu'était l'ancienne
rédaction contenait en soi deux germes; de
l'un naîtra la *Revue de Poche* (*Quaterly
reiview*), de l'autre prendra naissance la *Petite
Revue de Poche* entièrement distincte de la
Revue trimestrielle & n'ayant de commun avec
elle que son origine.

La *Petite Revue de Poche* paraîtra tous les
quinze jours, tirée sur fort papier vergé de
Hollande, format in-18 raisin; chaque livraison

ne

ne contiendra pas moins de 36 pages & ne coûtera que 5o centimes.

La rédaction, confiée à nos écrivains les plus estimés, sera spécialement curieuse & anecdotique. Elle sera faite en forme de tablettes des amateurs, des bibliophiles & des gens de goût.

Tandis que la *Revue de Poche* (*Quaterly Rewiew*) sera pour ainsi dire un annuaire paraissant en quatre séries, qui contiendra des articles de haute curiosité, de littérature élevée, rédigés dans un esprit à la fois d'étude & de recherche de la forme, & accaparera, pour l'augmenter encore, la partie des travaux de longue haleine de l'ancienne *Revue de Poche;* la *Petite Revue de Poche,* elle, n'ayant pas une ligne de rédaction commune avec notre grand recueil, sera le bréviaire fin, coquet & amusant du même groupe de lecteurs.

Elle viendra chaque quinzaine leur offrir des folioles intéressantes qu'ils tiendront à collectionner dans leur bibliothèque à côté de notre grande série.

Pour ne pas changer les habitudes de nos abonnés de la *Revue de Poche,* nous leur adresserons la *Petite Revue de Poche* régulièrement, en leur tenant compte de la différence du prix. S'ils préfèrent recevoir la *Gazette de Hollande* ou la *Revue de Poche* (*Quaterly Rewiew*), nous les prierons de vouloir bien nous l'écrire.

Le premier numéro de la *Petite Revue de Poche* paraîtra le 18 octobre.

Pour l'Administration :

Paul Klotz

TABLE

TABLE GÉNÉRALE

DE TOUTES LES MATIÈRES

CONTENUES DANS CE VOLUME

—

Treizième livraison

TOME III

15 juin 1867.

NOTE DU RÉDACTEUR EN CHEF de la *Revue de Poche*. . . . p. I

UN SOUPER ROMAIN SOUS NÉRON . . 6

LE ROI MISTANFLUTE. 17

DERRIÈRE LES FAGOTS :
    M. Gagne & sa langue. . . 31
    Ponson du Terrail inédit . . 33
    Racan chez Mlle de Gournay . 34

LA PRINCESSE DE GUÉMÉNÉE DANS LE BAIN & LE DUC DE CHOISEUL. — *Questions sur ce qui peut déshonorer une femme,* plaquette. 35

LETTRES D'OUTRE-TOMBE :
    Lettre inédite de Meyerbeer. . . . 47

Lettre

Lettre inédite de Méry à Meyerbeer
sur le *Pardon de Ploërmel*.. . .   51

MUSES & MUSETTES :

Une larme !   53

CENT D'AIGUILLES :

M. Veuillot & la vaccine . .   56
Une lutte oratoire . . . . *ibid.*
Mme Ristori & ses biographes.   57
Les duels du jour.   58
Le Maëstro *(Sirvente quin-
zième)* . . . . . . *ibid.*
Un cœur bien trempé . . .   60

DE MON FAUTEUIL.   62

SOUS LA VITRINE :

Onzième aux Bibliophiles. .   69

Quatorzième livraison

1er juillet 1867.

VERS INÉDITS DE M. PELLETAN. . .   73

UN SOUPER ROMAIN SOUS NÉRON
(suite & fin)   76

NOTES SUR L'ÉGYPTE.   84

LE ROI MISTANFLUTE *(suite)*. . .   94

DERRIÈRE LES FAGOTS :

Deux pensées.   108
Trouvaille numismatique. . *ibid.*
Une

Une scène du Tribunal secret.   111
Une épigraphe de Pétrus Borel   121
Essais de curiosité grammati-
    cale :
Payer. . . . .   *ibid.*
Anecdote historique.   . . .   124

MUSES & MUSETTES ; sonnets :

Portrait-carte.   126
La métamorphose.   127

CENT D'AIGUILLES :

Récit de voyage :
Le départ, ...   128
L'Espagne, vue de loin.   129
L'Espagne vue de près.   130
Le wagon des fumeurs. . . . . .   *ibid.*
Menus plaisirs.   131
Suite du précédent   132

Figurines *(Sirvente seizième)* :
Le deuxième salon.   133
Le berger Arsène. . . . . . .   *ibid.*
Le robinet Banville   134
Une maniaque de la tragédie. . . .   135
Deux gros banqu.....istes.   136
Léonor Prudhomme.   137
Un nouveau domestique . . . . .   *ibid.*
E finito   138

La reprise d'*Hernani*. . . .   *ibid.*
La parole à M. Lacour.   .   139
Comment on écrit l'histoire .   140

SOUS LA VITRINE :

Douzième aux Bibliophiles. .   141
                    Quinzième

426

Quinzième livraison

15 juillet 1867

LETTRE INÉDITE DE SILVIO PELLICO
AVEC LA TRADUCTION FRANÇAISE.   145

LES CAFÉS DE PARIS EN 1772 . . 153

LE ROI MISTANFLUTE *(suite)* . . 166

DERRIÈRE LES FAGOTS :

Le commerce à Paris au XIVe
siècle 182
*Harnali ou la contrainte par
cor.* 188
Quelques intérieurs de gens de
lettres 196

CENT D'AIGUILLES :

Suite du récit de voyage :
Un guide à la main. 200
Ce que c'est qu'un guide. . . . . *ibid.*
Modèle d'un guide 201
L'homme barbu 202
Il reparaît. . . . . *ibid.*
Il reparaît. 203
Il reparaît. . . . . *ibid.*
Il ne reparaît plus. . . . , , . . *ibid.*
Les théâtres . . . . . . *ibid.*
Les billets de faveur. . . . 204
Ce coupon ne peut être vendu. . . *ibid.*
L'administration disposera des places
si &c., &c. 205
Présenter

Présenter ce billet ouvert. 206
Conclusion. 207
La mode est à Hugo. . . . 208
Le nain (*sirvente dix-septième*) *ibid.*
Un habit pour la croix. . . 210
Une calomnie 211
SOUS LA VITRINE : .

Onzième aux Bibliophiles. . 212

Seizième livraison

1er août 1867.

FRAGMENT INÉDIT DE M. Ste-BEUVE
   SUR HENRY MURGER 217

SUR LE VENTRE. 219

NOTES SUR L'ÉGYPTE. 227

DERRIÈRE LES FAGOTS :

   *Harnali ou la contrainte par
   cor.* 237
   Essais de curiosité grammati-
   cale :
      A tort & à travers 251
      Lierre. 252
      Eglise 253
   Trois fragments poétiques com-
   muniqués. 254

LE ROI MISTANFLUTE (*suite*). . . 256

MUSES & MUSETTES :

   Parmi les ombres du bois. . 271

CENT

CENT D'AIGUILLES :

Ce qui conserve. 274
Phrase lue dans un compte-
    rendu du Corps Législatif. . *ibid.*
Les fautes du vicomte Ponson
    du Terrail. . . . . . . *ibid.*
    Première faute. 275
    Deuxième faute. . . . . *ibid.*
Location d'habits. 276
Le pas d'armes du roi Paz *(sir-*
    vente dix-huitième) . . . 277
Calembour après l'audience . 279
Sur un sportman. 280

SOUS LA VITRINE :

Quatorzième aux Bibliophiles. 281
L'imprimerie, la reliure, les
    livres à l'Exposition univer-
    selle de 1867.: IV. 284

LA GAZETTE DE HOLLANDE. . . 288

Dix-septième livraison

15 août 1867.

VERS INÉDITS DE MÉRY. . . . 289

HENRY MURGER DEVANT M. VEUILLOT 291

DERRIÈRE LES FAGOTS :

Singuliers *faire-part* de nais-
    sance 298
                                    Quelques

Quelques intérieurs de gens de lettres 300
L'affaire du collier 303
Plainte de Molière au Roy sur les feux que chacun est obligé de faire devant sa maison après la conqueste de quelque place. . . . 309
Les Assonances.—*La mort du curé de Saint-Bry* . . . 312
Proposition de mariage. . . 322
Une phrase de Louis XV . . 323
Un mot contre Legouvé. . . *ibid.*
Un écriteau 324

LE ROI MISTANFLUTE *(suite)*. . . 325

MUSES & MUSETTES, sonnet :

Si j'étais l'oiseau des cieux . 342

CENT D'AIGUILLES.:

Entrepôt de portraits . . . 343
La ressemblance garantie . .. 344
La photographie d'un assassin 345
Les deux Goncourt *(sirvente dix-neuvième).* 346
Retour à notre encyclopédie. 350
Amour . . . . *ibid.*
Démocrates. . . . . *ibid.*
Journal politique. . . . . . *ibid.*

DE MON FAUTEUIL. 352

SOUS

SOUS LA VITRINE : .

Quinzième aux Bibliophiles . 356
L'imprimerie, la reliure, les
livres à l'Exposition universelle de 1867. V. . .   358

Dix-huitième livraison

Septembre 1867.

NOTE DU RÉDACTEUR EN CHEF de la
Revue de Poche 361

NOTES SUR L'ÉGYPTE. . . . .

LE ROI MISTANFLUTE (*suite & fin*).

DERRIÈRE LES FAGOTS :

Barthélemy & ses conversions. 399
Lettres de M. Georges Bell. . 401
Charles Baudelaire. — Extraits
de ses *Fleurs du Mal* (pre-
mière édition). 403
   Le Vampire. 404
   Le Léthé. 405

CENT D'AIGUILLES :

Ceux qui font fortune au théâtre 407
Un roi dans l'antichambre. . 408
Un homme prudent. . . . *ibid.*
À l'Amazone masquée (*sir-
vente vingtième*). . . . 409
Un nouvel organe politique
(*sirvente vingt-&-unième*. . 410
Pantin

Pantin à la mode (*sirvente vingt-deuxième*) . . . .

SOUS LA VITRINE :

Seizième aux bibliophiles . . 413
L'Imprimerie, la reliure, les livres, à l'Exposition universelle de 1867, VI 416

LA REVUE DE POCHE (*Quaterly Rewiew*) & la PETITE REVUE DE POCHE 419

TABLE GÉNÉRALE DES MATIÈRES contenues dans le *tome III*e . . 423

Imprimé à Paris
PAR ALCAN-LÉVY
boulevard de Clichy, 62
ET ACHEVÉ LE 30 SEPTEMBRE
M D CCC LXVII